La magica notte della Befana

Edizione illustrata e a colori

Anthony Braun

Copyright © 2018 Anthony Braun
All rights reserved.

In un paesello di montagna come tanti, viveva una vecchina silenziosa e quieta.

Nessuno ricordava da quanto tempo vi abitasse, né quando fosse arrivata: ma tutti sapevano che c'era sempre stata.

Con lei viveva un gatto arancione, dal pelo fulvo, di nome Napoleone.

La vecchina, di cui nessuno sapeva il nome, passava le sue giornate a curare il piccolo orto dietro casa sua, a rispondere alle tante lettere (ed email) che le arrivavano e a spazzare il suo vialetto con una vecchia scopa di saggina: nessuno immaginava, il gran segreto che celava.

Nella notte tra il cinque e il sei gennaio, con un sacco bello stretto, e uno scialle all'uncinetto, dopo aver pronunciato una formula magica segreta, la sua scopa cavalcava e nel cielo poi volava.

Ai bambini buoni dolci e regali lei portava, mentre per i cattivi solo carbone e aglio preparava.

Aiutata dal suo micione, il fido Napoleone, tutto l'anno i bimbi controllava per sapere chi il carbone meritava.

La storia che ora andremo a raccontare, proprio lei ce l'ha fatta arrivare.

C'era una volta, non molto tempo fa un bambino come tanti di nome Carlo, chiamato Carletto dagli amici e dalla sua mamma. Carletto era un bambino moderno e birbantello: spesso non ubbidiva quando gli si diceva di andare a letto, si annoiava a fare i compiti e soprattutto rispondeva sempre male!

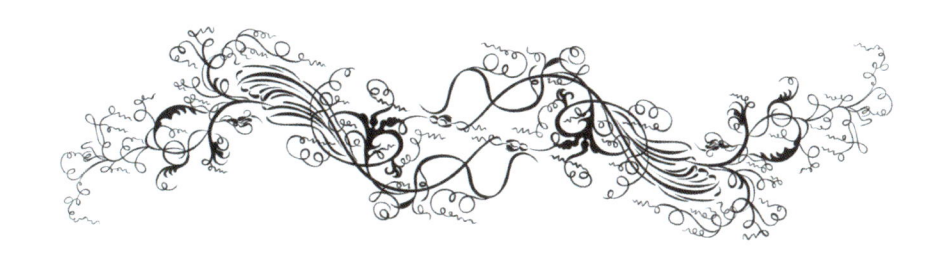

«Che noia! Che pizza! No!» urlava Carletto ogni volta che la mamma, o il papà, cercavano di convincerlo a passare un po' di tempo all'aria aperta. «Io voglio giocare ai videogiochi!» diceva e quando non otteneva ciò che voleva, cosa che avveniva raramente, si gettava in terra e come un bimbo piccolo iniziava a urlare e battere i pugni sul pavimento. La mamma di Carletto, una donna piccina ma dal cuore grande, di fronte ai lacrimoni che ruzzolavano giù dalle guance del suo bambino non resisteva e, sospirando, gli lasciava fare quello che voleva.

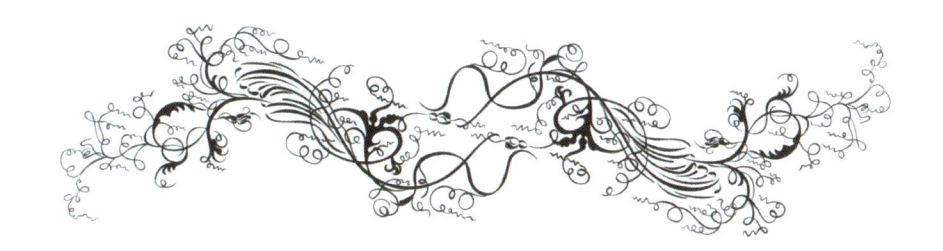

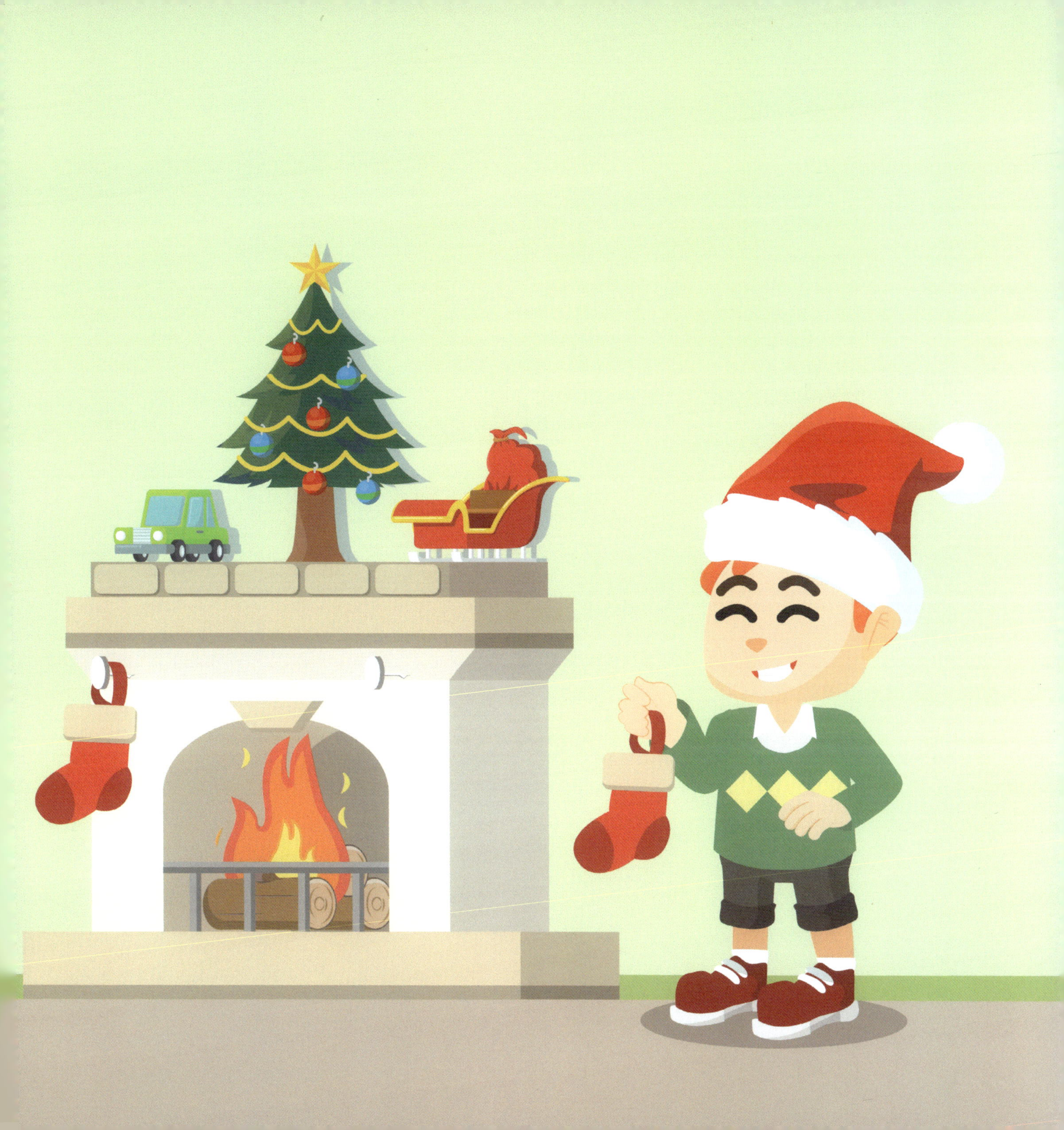

Che bello, penserai, ma no. Carletto con l'andar del tempo cresceva sempre più viziato e prepotente, convinto che tutto gli apparteneva di diritto e che ogni suo desiderio era un ordine!

Un pomeriggio di dicembre, quando la casa di Carletto profumava di biscotti e la sua mamma aveva già riempito la casa di luci e decorazioni, avvenne un fatto strano. Dalla finestra della sua cameretta, che dava su un bel giardino a cui Carletto non prestava mai attenzione, vide qualcosa che quatto quatto si muoveva tra l'erba bassa. Una sagoma grossa e folta si muoveva tra i cespugli.

Carletto non era un tipo da farsi distrarre dai videogiochi, no di certo, ma quello a cui stava giocando era troppo facile e lo annoiava. Messo da parte il gioco, quindi, decise di partire per la nuova missione che lo aspettava: scoprire nel giardino cosa si aggirava.

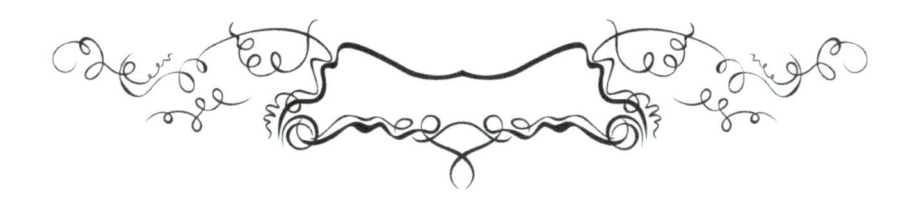

Non fu una missione lunga, e tutto quello che fece fu alzarsi dal suo letto e compiere un paio di passetti in direzione della finestra. Strizzò gli occhi, incollò il naso al vetro freddo e guardò tra i cespugli, alla ricerca dell'intruso: non ci mise molto a trovare Napoleone, il grosso gattone della vecchina che viveva accanto a loro.

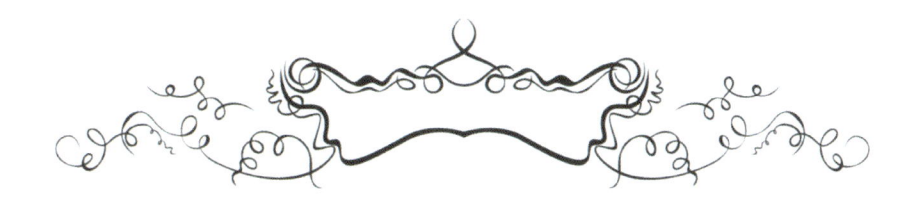

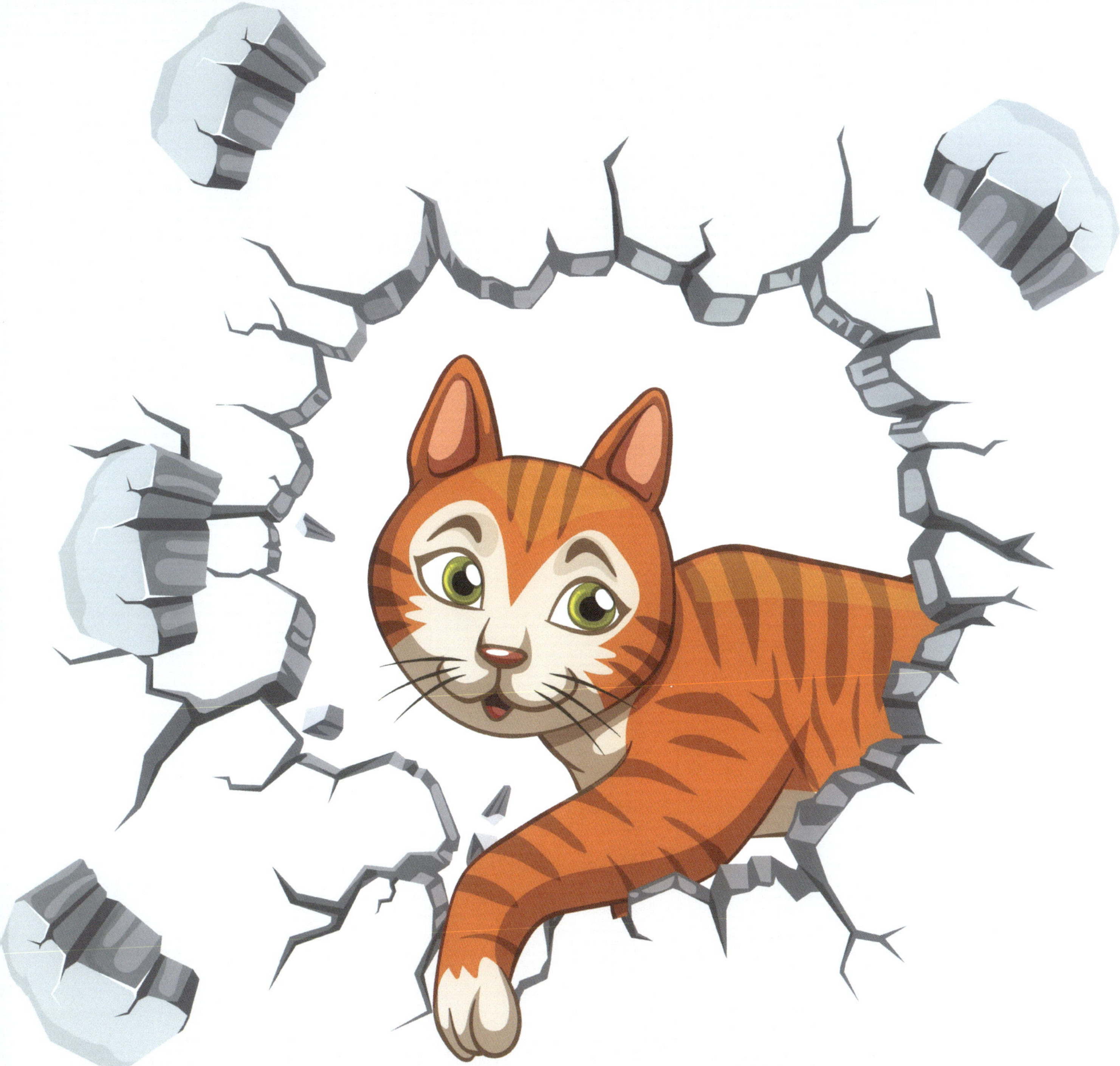

Il gatto, che Carletto riteneva davvero troppo grasso e peloso, se ne stava beato tra i cespugli di rose a godersi un pigro raggio di sole invernale.

Carletto arricciò la bocca, si guardò attorno circospetto e vide, in un angoletto della sua stanza, alcune pietre grandi quanto il suo palmo che, una volta, sua mamma aveva cercato di convincerlo a colorare.

Un lavoretto per la scuola, ma troppo noioso perché Carletto lo realizzasse e che, ora, facevano proprio al caso suo.

Afferrati tre o quattro sassi, Carletto aprì la finestra con uno schiocco e sghignazzò: sapeva che era sbagliato, e che non si doveva fare, ma non c'era nessuno lì che lo stava a guardare! Afferrò il primo sasso, lo soppesò e con un gesto deciso lo lanciò.

Il sasso roteò in aria e compì una parabola ad arco che, fortunatamente, mancò il gattone di un buon mezzo metro. La roccia rotolò silenziosa sull'erba, osservata dal grosso felino che si limitò a guardarla con dello sdegno dipinto sul muso arancione. Napoleone fissò il sasso per qualche secondo, si leccò una zampa e sollevò gli occhi gialli in direzione di Carletto, borbottando verso di lui un miagolio annoiato.

« Ah gattaccio, con il prossimo ti schiaccio! » urlò Carletto, stizzito di aver mancato di così tanto il proprio obiettivo: dopotutto nei videogiochi era bravissimo, e non si aspettava certo di non esserlo anche nella realtà!

Carletto sbuffò, si arrabbiò e ci riprovò una, due, tre volte, disseminando attorno a Napoleone una manciata di sassi che ancora una volta non lo sfiorarono neppure.

Il gattone, però, sembrava ad ogni lancio più infastidito.
Quando Carletto finì i sassi Napoleone si alzò, si stiracchiò, e con un paio di balzi, agili come quello di una pantera saltò dall'erba del giardino al bordo di un muretto, al tettuccio di una macchina, sul rialzo di una grondaia per atterrare infine sul cornicione della finestra di Carletto.

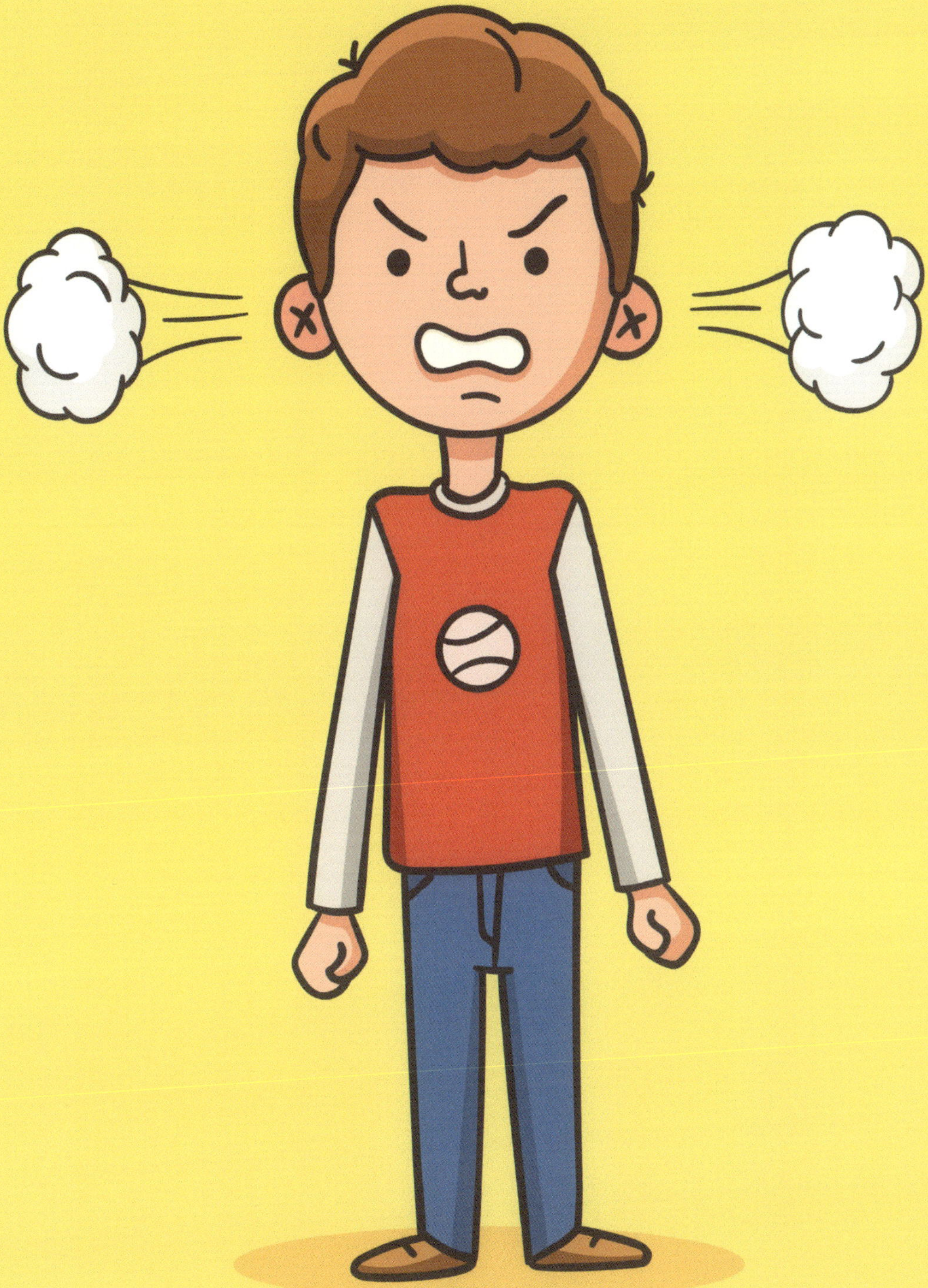

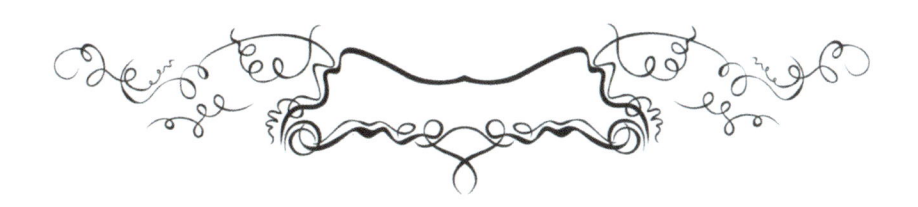

Carletto, sorpreso, indietreggiò e dallo spavento nel tappeto incespicò: che sorpresa, e che dolore, quando sbatté contro il cassettone.

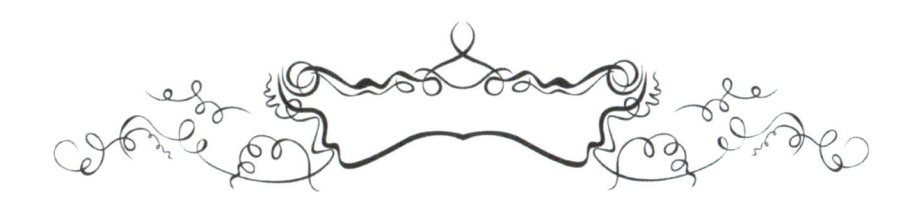

Nel vederlo cadere sul pavimento, con un gran fracasso, Napoleone sorrise e iniziò a pulirsi pensosamente una zampa. Forse vi state chiedendo come fa un gatto a sorridere, beh, se lo chiese anche Carletto. La sua sorpresa aumentò di mille volte quando, tra una leccata al proprio pelo e l'altra, il gattone iniziò a parlare.

« Non è stato divertente, il tuo gioco delinquente. Tu i sassi mi hai lanciato, e quasi mi hai acchiappato! »

Carletto, sconvolto, urlò. O meglio, ci provò, perché per quanto tentasse di urlare la sua bocca sembrava rifiutarsi di collaborare: aprì e chiuse le labbra più volte ma niente, non gli era rimasto neppure un filino di voce.

« Inutile tentare, quando sono gli animali a parlare i bambini dispettosi devon rimanere silenziosi. » aggiunse Napoleone, piantando gli occhi addosso a Carletto che, intanto, iniziava davvero a spaventarsi. Aveva fatto dispetti a quel gatto per tutta la sua vita e ora quello, di colpo, gli rivelava di poter parlare? Capii subito che sì, era davvero nei guai.

« La mia padrona ti ha osservato, e anno dopo anno sei solo peggiorato. Anche a dicembre fai il briccone, quando di solito sei meno birbone!

Quest'anno niente dolci né dolcetti, ma di carbone avrai pezzetti.

Nella calza niente miele, per chi non si comporta bene! »

Napoleone terminò quelle ultime parole con un soffio minaccioso, lo fissò e con un movimento sinuoso saltò giù dal davanzale: qualche balzo e via, svanì nuovamente tra i cespugli del giardino.

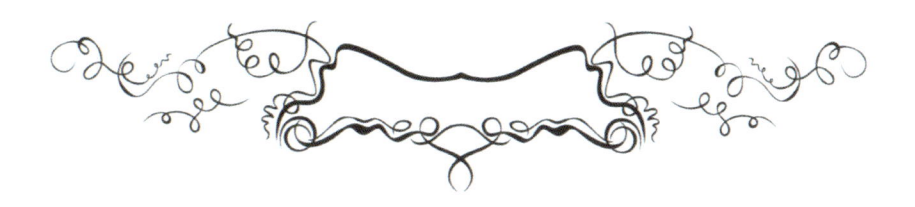

Carletto impiegò qualche minuto a ritrovare le parole, e la prima frase che gli scavalcò le labbra fu un « brutto gattaccio, vedrai che ti faccio! » urlato a squarcia gola mentre, con uno scatto rabbioso, richiudeva la finestra con un colpo secco.

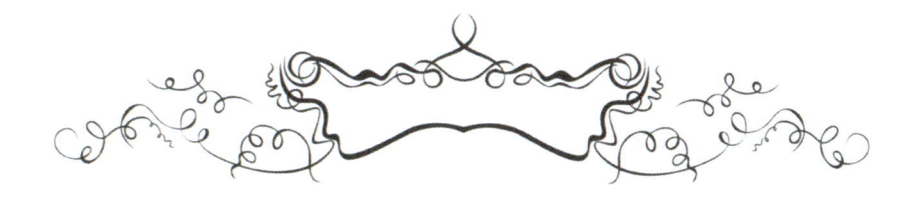

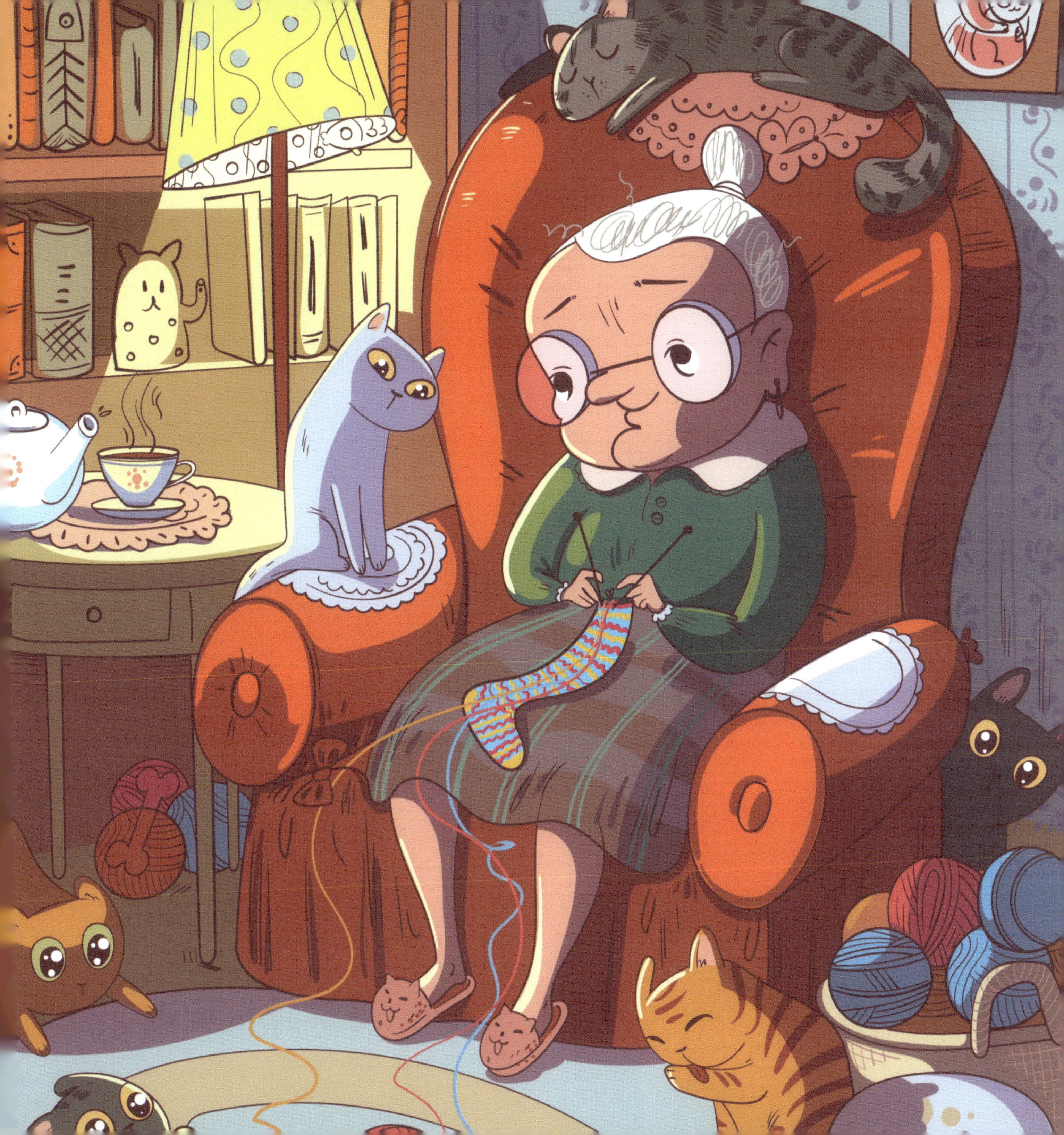

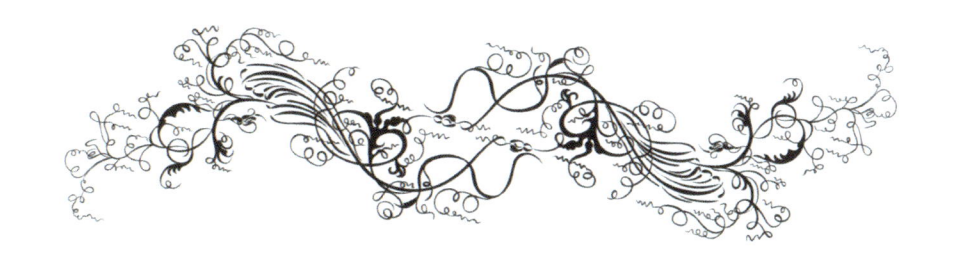

Figurarsi, non aveva paura della mamma e del papà, non avrebbe certo avuto paura di un gatto arancione che viveva tutto solo con una vecchina curva e mezza sorda! Carletto non raccontò a nessuno della sua avventura con Napoleone (sapeva che la sua mamma lo avrebbe messo in punizione se avesse saputo dei sassi) e passò i giorni prima di Natale a ordinare, lamentarsi e gridare. Nulla gli andava bene, e voleva mettere in chiaro che, qualsiasi cosa stesse tramando quel micione, a lui non importava e anzi lo sfidava!

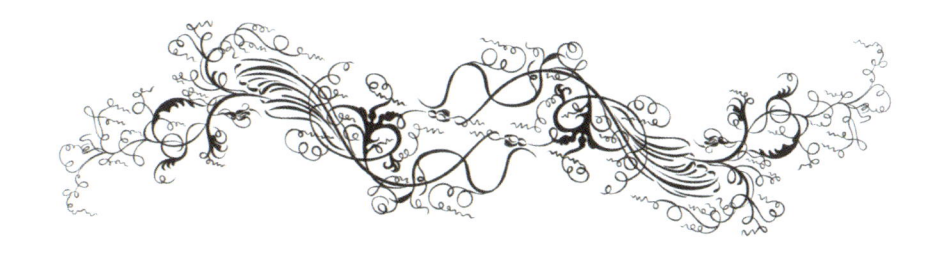

Passò il Natale, la vigilia e arrivò il nuovo anno senza che nella vita di Carletto cambiasse nulla: era sempre più viziato, cocciuto e maleducato. Tutto continuò normalmente fino alla sera dell'epifania, che lo sappiamo, tutte le feste si porta via.

Sto arrivando!!

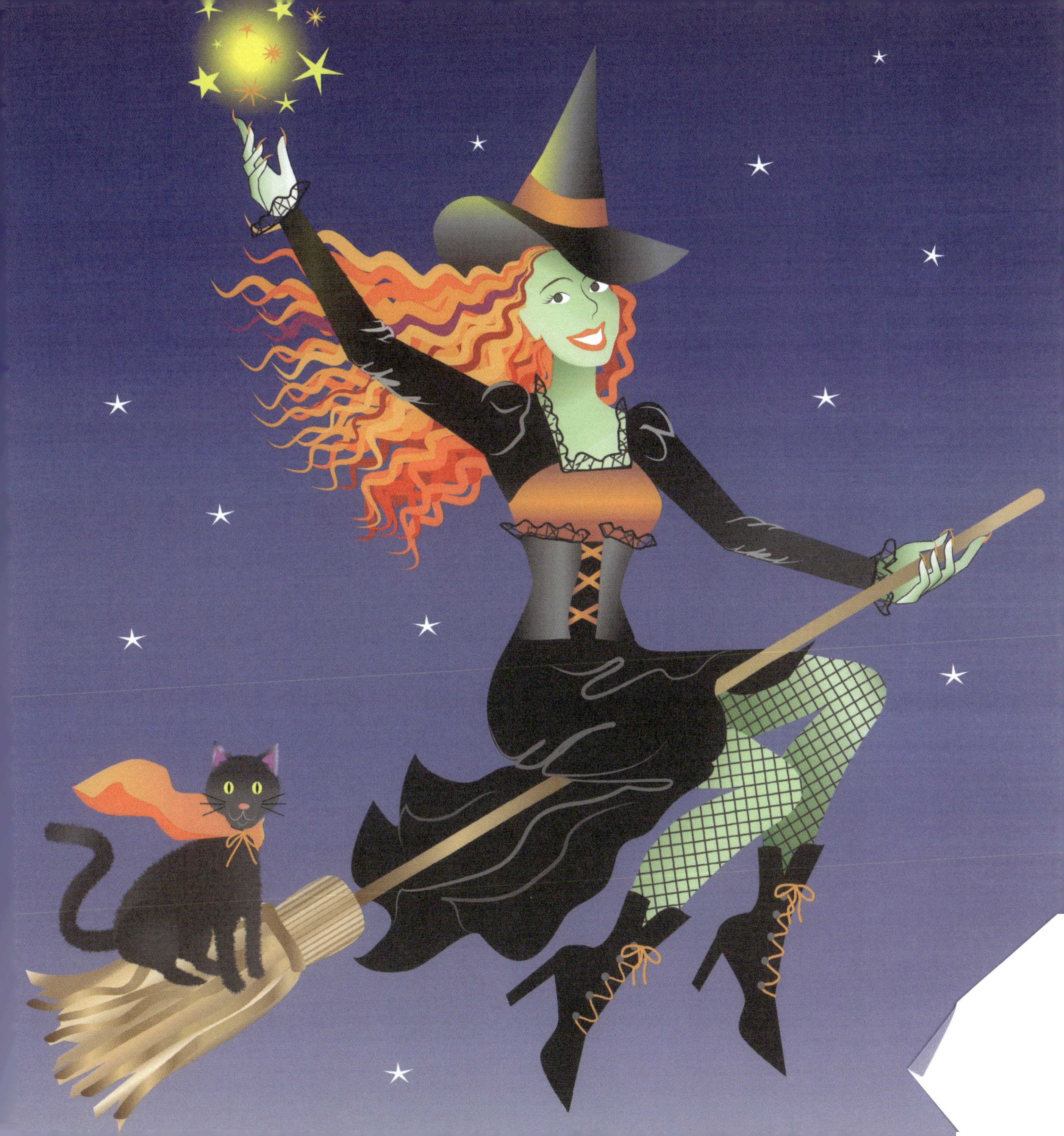

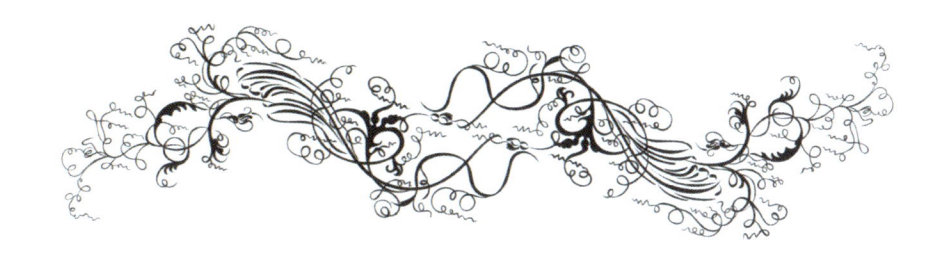

Carletto dormiva nel suo letto, quando di colpo sentì un suono sospetto: aprì gli occhi improvvisamente e la vecchina della porta accanto lo fissava intensamente! Aprì la bocca per urlare, ma neanche stavolta riuscì a fiatare.

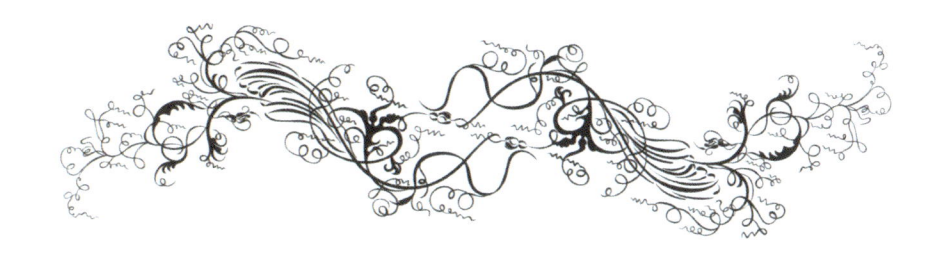

La vecchietta, magra magra e avvolta in un enorme scialle di lana lo fissava con occhi tristi, un paio di occhialetti poggiati sul naso adunco e i capelli nascosti da un gran fazzoletto. Tra le dita della mano destra stringeva il manico di una scopa vecchia quasi quanto lei, e ai suoi piedi giaceva un grosso sacco. C'era anche Napoleone, appallottolato sulle sue gambe.

« Carletto, Carletto, ti ho avvisato ma tu non hai ascoltato » sospirò la vecchietta che, in quel momento Carletto lo capì, doveva essere la befana. « sei stato sgarbato, e Napoleone hai minacciato. La tua mamma fai disperare e il tuo papà non sa più come si deve comportare! Sei prepotente, indisponente, urli e sbraiti di frequente. »

La befana infilò le lunghe dita ossute nel sacco, e ne estrasse un grosso pezzo di carbone. Lo osservò qualche attimo, poi schioccò la lingua contro il palato. Il carbone scomparve, e Carletto in quell'istante sentì sulla lingua un sapore nauseante.

Buona Befana

« Questo è quello che ti sei meritato, e per un anno il mio incantesimo rimarrà invariato! Se bene ti comporterai forse tra un anno il cibo di nuovo gustare potrai! »

Carletto, ancora ammutolito, non poté rispondere nulla. E se anche avesse potuto, quel saporaccio di carbone che aveva in bocca gli avrebbe tolto tutta la voglia di parlare. La befana si limitò a sorridergli, arricciando gli angoli delle labbra all'insù e, afferrato saldamente Napoleone sottobraccio, inforcò la scopa e volò letteralmente fuori dalla finestra che, Carletto se ne accorse solo in quel momento, era aperta.

La nostra storia qui finisce, e la befana vi ammonisce:

Arriva la Befana

« Fate i bravi, cari bambini, e non siate birichini. Se i capricci voi farete, come Carletto finirete: niente dolci o leccornie per un anno intero avrete, ma solo carbone sentirete quando qualcosa assaggerete! »

Printed in Great Britain
by Amazon